屬於遺忘

古塵——著

吹鼓吹詩人叢書17

【總序】

台灣詩學吹鼓吹詩人叢書出版緣起

蘇紹連

「台灣詩學季刊雜誌社」創辦於一九九二年十二月六日，這是台灣詩壇上一個歷史性的日子，這個日子開啟了台灣詩學時代的來臨。《台灣詩學季刊》在前後任社長向明和李瑞騰的帶領下，經歷了兩位主編白靈、蕭蕭，至二〇〇二年改版為《台灣詩學學刊》，由鄭慧如主編，以學術論文為主，附刊詩作。二〇〇三年六月十一日設立「吹鼓吹詩論壇」網站，從此，一個大型的詩論壇終於在台灣誕生了。二〇〇五年九月增加《台灣詩學・吹鼓吹詩論壇》刊物，由蘇紹連主編。《台灣詩學》以雙刊物形態創詩壇之舉，同時出版學術面的評論詩學，及以詩創作為主的刊物。

「吹鼓吹詩論壇」網站定位為新世代新勢力的網路詩社群，並以「詩腸鼓吹，吹響詩號，鼓動詩潮」十二字為論壇主旨，典出自於唐朝・馮贄《雲仙雜記・二、俗耳針砭，詩腸鼓吹》：「戴顒春日攜雙柑斗酒，人問何之，曰：『往聽黃鸝聲，此俗耳針砭，詩腸鼓吹，汝知之乎？』」因黃鸝之聲悅耳動聽，可以發人清思，激發詩興，詩興的激發必須砭去俗思，代以雅興。論壇的名稱「吹鼓吹」三字響亮，而且論壇主旨旗幟鮮明，立即驚動了網路詩界。

「吹鼓吹詩論壇」網站在台灣網路執詩界牛耳是不爭的事實，詩的創作者或讀者們競相加入論壇為會員，除於論壇發表詩作、賞評回覆外，更有擔任版主者參與論壇版務的工作，一起推動論壇的輪子，繼續邁向更為寬廣的網路詩創作及交流場域。在這之中，有許多潛質優異的詩人逐漸浮現出來，他們的詩作散發耀眼的光芒，深受詩壇前輩們的矚目，諸如：鯨向海、楊佳嫻、林德俊、陳思嫻、李長青、羅浩原等人，都曾是「吹鼓吹詩論壇」的版主，他們現今已是能獨當一面的新世代頂尖詩人。

「吹鼓吹詩論壇」網站除了提供像是詩壇的「星光大道」或「超級偶像」發表平台，讓許多新人展現詩藝外，還把優秀詩作集結為「年度論壇詩選」於平面媒體刊登，以此留下珍貴的網路詩歷史資料。二〇〇九年起，更進一步訂立「台灣詩學吹鼓吹詩人叢書」方案，鼓勵在「吹鼓吹詩論壇」創作優異的詩人，出版其個人詩集，期與「台灣詩學」的宗旨「挖深織廣，詩學台灣經驗；剖情析采，論說現代詩學」站在同一高度，留下創作的成果。此一方案幸得「秀威資訊科技有限公司」應允，而得以實現。今後，「台灣詩學季刊雜誌社」將戮力於此項方案的進行，每半年甄選一至三位台灣最優秀的新世代詩人出版詩集，以細水長流的方式，三年、五年，甚至十年之後，這套「詩人叢書」累計無數本詩集，將是台灣詩壇在二十一世紀中一套堅強而整齊的詩人叢書，也將見證台灣詩史上這段期間新世代詩人的成長及詩風的建立。

若此，我們的詩壇必然能夠再創現代詩的盛唐時代！讓我們殷切期待吧。

二〇一一年七月修訂

【推薦序】

遺忘與古塵的詩語

李正治

如果有所謂「遺忘」，那麼「遺忘存有」大概是人世間最大的遺忘。一個本屬宇宙大化的特殊生命體，具有精神本性的原始配備，卻在世俗框框和人際關係的相刃相靡中，逐漸迷失自我，遺忘精神的故鄉，無由再打開宏觀的視野，獲取超越性的安寧，這是生命最大的悲哀。

所有的遺忘，都是在世俗的關係網中完成的。世俗的詭譎幻怪，其實全都是精神自囚的變相。詩人，一方面是手握藝術秘鑰的存在者，另一方面卻是遺忘與存有之間的探索者。手握藝術秘鑰，因此他能點染世界之美，展現文字的活力與魔力；處在遺忘與存有之間，所以他能質疑人生世相，發現通向存有的契機。詩人的探索，必須進入這兩向自我鍛鍊與體驗的歷程中，方能提昇詩的藝術境界和感悟的深度。

認識古塵之前，古塵已是小有名氣的詩人。他在語言藝術性的營構上，早已脫離散文式的描述，詩語從想像的充分作用中重新塑形，故其詩質濃稠，很容易與散文語言分辨。但所有詩人的語言探索，都不是上天原始的賦予，而是從辛苦的鍛鍊得來，這時前行詩人對每一個學習者都具有重大意義。前行詩人代表著整個現代詩的傳統，他們的存在意義一方面是自我鍛鍊的「典範」，後代詩人的學習必須從此展開，另一方面卻又反過來形成影響的焦慮，焦慮的是無法自樹一格，自成一家。在古塵的詩集中，我們可以看見他在詩語鍛鍊上的軌跡，也可以看見他在焦慮底下的抉擇。

翻開《屬於遺忘》，古塵並不吝於顯露他的鍛鍊軌跡。〈交錯現象〉一詩的語言，給人極為熟悉的感覺，全詩一看，即知來自余光中名句「星空，非常希臘」一語的重新鋪衍與設計，遂出現「天空很鷹／雲都斑馬了／我在窗前印度／街道開始撒哈拉」，古塵將余光中的模式徹底展開，所以需要一個統體的設計，含蓄地表現「我」在窗前所見的感受。由於描述語採用名詞而非形容詞，所以所有的名詞在此都具有形容或動作的意味，這些名詞的意義不再停留在它的「外延」，而聚集在它的「內涵」，全體走向歧義，構成一首頗有想象空間的詩作。〈練習，若無其事〉一詩，題目即聲明這首詩是用來「練習」，開頭幾句利用「上加字」來鍛鍊形容詞，但所謂形容，並不是指語法上形容詞的複製，而是通過想像的重鑄，讓所有事物都呈現嶄新的面貌。「面無表情的電視／影子越剪越短的長壽香煙／一個人獨舞的留聲機」，對電視、香煙、留聲機採取另一角度的觀照，平常事物遂展現不同意涵。詩的後半，轉為利用「下加字」來鍛鍊形容，其意義相同，發展到末句「整個空房正打著好大的哈欠」，使人對「空房」的印象耳目一新。全詩不過描寫宿舍內的事物，但通過想象的形容，事物各取得不同的表情，構成宿舍的新風景，此所謂文字的活力與魔力。

現代詩一向以「創造性」為其極則，古塵的詩語在長期的練習中早已達到創造性的水準，描寫天地萬物、人生世相，都能任意驅遣想像重鑄的語言，但整個鍛鍊過程，給予其最深刻的體驗應是與前行詩人之間的揚棄關係，〈新詩紀的神經末梢〉正觸及這一問題。此詩借助過度繼承無法消化的新詩重症，談到作為一個「創新詩人」所面臨的抉擇，這種「意象停止跳動」而呈現「腦死狀態」的重症，其成因正由前行詩人的影響和攏罩而來，因此要進行生死關頭的大手術，「大膽的將老詩人的影子割除」是其結論。這首詩相當於一篇新詩革命的宣言，革的卻是老詩人在潛意識的歷史幽靈。「我們不是醫生卻很會革命」，古塵要革的是所有傳統詩語的沿襲，革命的成果將是屬於自身獨特的語言，自成一家的語言。在此基礎上的語言，才能針對感觸所及的對象隨物賦形。

無疑的，古塵在語言的營造上具有相當功力，從早期的〈山觀〉、〈上山上山愛〉已可見。但詩語的營構與自我、世界的探索是並行的，自我與世界的拓展，劃定詩人建構的版圖大小，而自我與世界感知的深化，則可看出詩作的深淺度。當古塵伸展感性的觸鬚，首先攀緣的大部分是熟悉的生活經驗與生活現象，宿舍、爬山、夜晚、雨聲、思念、回憶、愛情等等遂成為其反覆書寫的對象，其他則沿著閱讀所及，延伸至藝術、卡繆、卡夫卡等，但版圖尚未真正擴張。這些作品中，除感受世界之美外，更多的是對人世現象的質疑，一個我們所熟悉的人世，在其眼中卻浮現「異化」的暗影，道德、正義如是，神與詩人何嘗不是如此。當根源性的真實被假借，人的現象並非如其表面所可解釋，詩人遂擺盪於「遺忘存有」和尋覓存有之間，對現象進行較深刻的精神辯證。沒有標準答案，這是屬於詩人意識深化的獨特體驗。

　　有緣，與古塵在南華相識，多少傾談的夜晚，我們只是談學論道，但正如古塵的詩一樣，如斯動人！我喜歡詩集中的一首詩——〈為妳寫詩〉，應該是情詩吧，但卻像一首深情的歌，為所有的人而唱。所有遺忘存有的生命，都需要歌的撫慰！

二〇一二年四月二十五日

李正治教授，國立台灣大學中國文學研究所博士。研究專長於中國文學理論、中國美學、中國詩學。著有《與爾同銷萬古愁——李白詩賞析》、《神州血淚行——中國古典詩歌中的亂離》、《至情只可酬知己：文學與思想世界的追尋》等書。現任教於南華大學文學系、文學所。

【自序】

寫詩，成為一種信仰

古塵

死亡，是一場儀式。如同遺忘。

從開始創作，書寫成為我的生活習慣，意識在現實與抽象之間糾葛，某些片段、某種情感，交織成詩句的重疊，或許，我不是在證明自己的存在，而是提醒自己，我的存在屬於遺忘。

有時候，攤開這個世界，許多美好的線條與顏色構築成為生存的要素與態度，透過符號與符號的重擊，我們發現美學的角度是多樣化，即使在相同的字詞底下，仍可觀察出截然不同的詮釋。也許我的意圖很明確，也許只是單方面的固執，然而，我對於某些字詞很是眷戀，在生命的過程中不斷折返，彷彿刻意的將意識撕裂、複製與繁殖。

詩的形式如同折射、將現實的具象抽離、彎曲、變形，形成超越現實的集合。創作的過程如同演算，以大於等於的概念進行質性的蛻變。我從未發覺時間是如此的濃郁，直到擦拭過一扇窗之後，才看清楚自我與非我的定位與價值。當意象赤裸的自一首詩裏攀爬而出，關於愛與慾望之間，免不了有著敵對的爭論。而我存在。

創作至今，我深感自我的渺小，對於眼前世界的描寫帶有衝突與矛盾，也許是視野不夠開闊，也許是執意在某種氣氛中思考，我想建構出我內心精神觀的心圖，透過這趟寫作的旅程，將寫詩化為一股航向信仰的力量。

我曾在人生的路途上迷失，最終以自我牢籠的方式生活，如此沉寂七年之後以年近三十的歲數進入大學校園重新摸索自我的價值詮釋，在這段時期，我積極投入網路文學，在此特別感謝蘇紹連老師、喜菡老師對我的鼓勵與認同，以及台灣詩學和喜菡文學網的所有詩友的分享，每一次的交流都是使我成長與醒悟的關鍵。

此外，我要感謝南華大學文學系的所有老師，因為有你們的教導，我才真正的體會到自我存在的意義與文學意識的連繫。尤其要特別感謝李正治老師，亦師亦友的情誼，引領我走過低潮、確立人生的目標；陳昱志老師帶領我接觸符號與意識的探索；曾金承老師協助我在文學理論基礎上的掌握。

最後，我要感謝家人的支持與鼓勵，讓我在創作的旅程中盡情遨遊。

屬於遺忘

【自序】

目次

輯二　交錯現象

輯三 如果春天不再童話

輯四　等妳認領我的孤寂

輯五　我們都安靜的不再說話

輯一

攤開這個世界

・山觀

羣山沐浴在晨光裏
胸口那片婆娑的葉閱讀著春天，和著
輕煙的呼吸聲繚繞起晨曦的微笑
這是一朵石桌推開兩壺茶香
鐘聲如此踱步。我說
這是草堂裏啜著溪流的水車
像摩天輪般舀起一聲聲輪迴的剪影
這日暮的輕衣像一首歌
悠揚著晚歸的星河
連夜都睡了

．上山上山愛

我尋著晨曦
上山
涓流的細泉滑落巨岩的胸膛
滿了一池春水
我輕輕舀起兩三聲風音
放逐漣漪
摺痕裏滿是回憶的笑語
我尋著雀兒的舞步
上

山

有山鹿低眉咀嚼葉影
有野蟒伸舌探聽春的嬉戲
樹蔭裏
鬱鬱青青的婆娑
彷彿，這兒
只有一隻悠游的魚

山下，晚燈綻放的燦爛
我輕輕拋一首歌
釣起滿天的星

·我看見了雨的腳步聲

時間折成一個角落
我縮瑟在夢的揉皺裡沉默
手邊漸漸融化的詩的溫度
像昇華一縷輕煙的呼吸
伴隨著月的疏影而暈開
妳來了，是那樣
溫柔的輕輕

唱針緩緩的割傷黑膠
滴落的情歌凝成窗外的朦朧

一張單人的沙發沉淪單身的重量
我輕拾起寂寥的剪影拼湊成窗櫺
妳來了，溫柔的彎成一盞遠方的微笑
在夜裡，勾起
蕩漾的溫柔。

．攤開這個世界

一閉眼就失眠
抽根燃不起的煙；
一睜眼就想睡
飲一壺月光的醉

床頭的檯燈慢慢走入我的人生
行囊是一盞漂泊；
指縫裡塞滿時間的碎屑
我的腳踝是夢的繭

窗外，雨下的撩人
我撐開眼尾的鰭
隨著雨聲擱淺這個世界

屬於遺忘

・情緒的四重奏

（一）

這樣的情緒該裝飾什麼顏色的音符
在這書寫空白的午後。
沉默在眼裡舞起敲打樂，
支離破碎與迷濛說好了
下次不再同一時間連線。

（二）

喜、怒、哀、樂
是否有著同一張臉；

悲、歡、離、合
九十度的直角卻躺成一百八十度的平行線。

（三）
忽高忽低的浪潮
容易在一波一波的衝擊裡迷失自我
碎成沫珠的人生
淹沒在起伏的落差中
墮落
只留下一片藍色的話

（四）
花開了，是不是一定能見到結果？
拾起流浪在河畔的楓葉

染著血的模樣
在你的手中被愛撫
或許，這就是情緒的終點站。

・夢中人

我在夢裡醃下思念的種子
每當月牙交媾一簾夜，總要顧盼
顧盼一回。結果
沒有結果。
當句號掛下，就等著晨曦拭去；
這甕裡釀的淚，妳能吞入喉嗎？
我說。夢中的人兒

・語錄

（一）

幾張報紙
幾摺凹痕
皺了的生活版如何生活

（二）

多少杯酒
多少度的麻醉
攤了的被單怎的失溫

（三）

一封信
被割傷的
沉睡

（四）

我的筆
用來轉日子
親手栽種的墓誌銘
只是草
不開花

・生活剪影

我推開窗
陽光就跌坐在地板上
我揉揉眼，呼吸葉子的呼吸
就這樣吞吐出一個早晨。

拿起麵包去烤箱日曬沙龍，我也一同煎熬著
花生，草莓，葡萄，哪一種能讓我的話變甜？
打翻報紙，讀著咖啡，翹起香菸腿
時間總是步著同樣的苦味

今天的領帶是性交的姿勢
無關色戒的高難度表演
我只是一隻穿西裝的
鴨

·水窪

誰的手掌裡握著一片天空
偶然
划過幾朵白雲
偶然
摘下幾滴雨

誰的眼裡住著澄黃的彩霞
偶然
掛起問候
偶然

捲下兩三句敲門聲
我們走在阡陌中
街燈漸漸醒了
我們悄悄把夜裝進袋中
等夢上鎖

・打開夢的鎖

我攤開一桌的藍天
擺上幾朵雲
彈著風織著歌
從罐頭裡拿出大腦
把時間握成掌心裡的魚塭
自由的遊

・回憶搖窗

獨坐在夜裡
聽著回憶搖窗
記憶的浪聲
在月下的屋舍中
譜成一把油紙傘
如晚秋撐著詩章
在煙雨朦朧中的逸散
北風裡
夜鶯的歌聲
正剪修暮春的塵

・夜重生

我們爬過一座座的文字山
在峰迴路轉的黑岩上
啃食一首詩的影子

那些我，與不眠，與晚燈
一同拼圖被撕裂的記憶，那些
泛黃的，斑駁的，鑲在角落盡頭的
碎片與聲音。
落葉的時分正扛起一場夢
我們重新拔起刺進指尖的失眠

再度渲染詩的濕度
今晚

夜會長出翅膀
從谷底沖出一聲長嘯
那些擱淺在喉間的
都將獲得釋放

‧寒夜

（一）

一盞老燈
緩緩的提起
秋的冷語

窗外有殘葉
輕輕的放下雨聲

我一個人拾起一條街的蕭索
讓夜臥在夢的搖籃裡

（二）

時間如一粒微塵
沾染記憶
歲月朦朧了
回憶的影就立著了

（三）

我一面說一面摘下風
波瀾不再喘息
當初堆砌的故事
重新
裝回明天的胃袋裡

・詩，就這樣……

肅靜的夜裡
月光開始嘶吼
樹葉與樹葉間，騷動一聲
金黃色的剪影

風巡視著
震顫的竹林裡
一面圮壞的籬牆
斑駁住歷史的重量
寂靜就像一座古老的車站

凝嚥時光的票根
在這間草堂中
停

靠。
一陣書香
隨著翻頁的動作
瀝盡墨客的
愁
寒雨在窗外
展成一尾銀白色的錦鯉
在朦朧炊煙的書海中
釀成一行詩句

「文人，燉起四季的湯，用縫紉的勺舀起，
逼人飲下」
詩，就這樣踢響了一場雨

輯二

交錯現象

·一扇窗的變態與病態

當吶喊可以撕裂
一扇窗我們就不必月
亮慢慢走過人影街燈是獨角
獸刺穿虛偽報紙砰然一聲
地磚裂成汙漬的額頭紋與流膿的笑聲
把明星的相簿嵌入馬桶裡用赤裸的
唱針脫下男男女女的假陰莖與魔術胸罩
我們同樣髮膠同樣地面膜
生活分屍的過程
人類是十字架上木魚鍋裡拒吃豬肉的清蒸盤右方

的一撮陰毛想像的假髮
瀏海的虛情假意誤觸爆裂的
一聲吶喊扯破嫦娥偷窺的
一扇窗慢慢的闔眼慢慢的
變成手淫末日的繭

・女人

清晨五點的鬧鐘
試著撥開□□的魚尾紋
□□沒有選擇
只有拉開窗簾
讓陽光對著□□掃射

腳底佈滿瞌睡蟲的屍體
□□一步步走向鏡裡的世界
相反的動作在同樣的日子裡不停地
練習，反反覆覆

反覆的在兩個世界彎曲生活的腰
手上的繭、腳底的厚皮
是□□的盔甲與盾；
戰場是洶湧滔滔的時光洪流
□□是戰船上的舵手
也是船頭那尊美的出奇的雕像

□□是百變的魔術師
是最廉價的生活達人
是上帝創造最完美的比例
我們都是不變的硬體，而她是
軟體動物

·如是而已

稿紙上的停車格
該向誰來收費？
一旁買醉的咖啡與煙
廉價的消費詩人的胃
剛吃飽的鋼筆
等著等著窗外
那一位披著黑色薄紗上場的
女郎

偶而

我們不再鋼管
從都市剝離的音階
足以讓我們劈腿
偶而
我們不包二奶
從胯下磨蹭的滿足感來說
自瀆更接近純潔

書架上的詩集
輕的像裸體的女孩
我像是色情電影院的剪票員
讓一個個字對號入座
色情？藝術？對一個詩人來說

那是一塊掉在地上的
招牌

・單身男兒淚

我們緩緩的起身
望著鬧鐘
手腳還綁在夢中

走進了浴室
看到鏡裡的那個人
自然的，拿起一柄牙刷
擦亮他的黑眼圈
美白的護膚品，免了

已經無暇吃飯，出門
迷失，一頭栽進水泥的牆中
。
我是掛在生活中的一具標本

當黃昏搖起下班鈴
我們排隊回家吧
進門，把自己關在冰箱
等月醉了躺暖了床
再把自己鋪成一張明天的日曆
握著堅挺的雞巴，手淫昨天

．愛情考古學

我們擁抱彼此的信任在千古的塵世裡我們溫暖彼此的寂寞在永恆的諾言中時光的洪流沖不開我們的影子我們在詩裡擺出愛的姿勢不變的情字是我們獻給世人的腹語術。

抽屜裡擺著昨日的雨
未乾——

（一）

妳在窗前反芻著嘆息

夕陽像一節聾啞的列車
緩緩駛過我們的傷口留下
一層厚厚的腹語

（二）

詩的聲帶在夜色中飛翔
僅僅一個音域
世界便學會沸騰

（三）

影子擱淺疲倦，像在一場夢裡
閱讀，幾句搖搖盪盪

（四）

我拾起一片寧靜

摺成秋天

封藏在冷清的街道

你們開始擁抱彼此的心跳

你們開始傳唱下一場雨。不停

・水族箱

車窗外開始游一些魚
整座城市漸漸透明
我是被種下的景觀植物
頸上的條碼牌排列我
的生存

意義。路過一些符號
生活以微醺的
姿勢往便利商店走去

路燈在夜晚磨蹭
許多大廈都勃起了。天空

淫了。受潮的
喧鬧聲滑落下水道
匯集成一場假性的高潮
。城市癱了

車窗外飄散著腥味
我啃食自己在一窗一窗的
漂泊之後
等著受孕

・世紀末

狼煙張著萬雙羽翼
成群的漫舞
不時有腿軟的高樓癱伏
不時有撕裂的街痛苦嘶吼
一座座的城市在時空中鏽蝕
世界緩緩的印象派
印象派

馬克斯不再英雄主義
後現代斷頭而行

一盞盞蒙娜麗莎的諷刺
點亮人性的卑微與自私與愚蠢
馬賽克耶和華的七橫八豎
瑪莉亞東倒西歪的聖像
不再宗教，不再有
神，不再

二十一世紀末。

騎士東來
手中的詔書與誓言
刺穿相對而立的火球
火花不再哀泣
世界文藝再度復興

所有消融的
重新冶製，人
不再機器

・交錯現象

天空很鷹
雲都斑馬了
我在窗前印度
街道開始撒哈拉

雨很美洲
葉子都南非了
床漸漸的太平洋
時鐘變成鮭魚

寂寞很魚缸
影子都躺成西藏
書是水藻
詩只是一隻魚娃娃

‧南方

記憶是載著鄉愁的夜車
劃過一站一站火柴
爆衝而出的鳥群
褪去雪的顏色

曾在夢的瞳仁裡掛一本
過期日曆，衛星導航
血絲的線條找尋
屬於純真的編號

路過語言的胸膛
從符號的擴音器裡拋出下意識
的哀傷，有人說
南方是一條魚的老問題
我們成群結隊的飲

夜車的盡頭正在都市
更新
更新
更新

輯三

如果春天不再童話

·杜鵑

晨曦匿名三月
以詩的姿態盛開
輕盈的腳步聲
惹杜鵑
羞紅稚嫩的思念

因為風的緣故
閱讀打翻在曠野
緣字從童書裏走了出來
時間摺在破綻的那一頁

細雨自妳胸口湧出
有夢的旅行
在月亮上潮汐

注意那杜鵑的動詞
話題轉向浪漫的詮釋
陳述鐘聲的邀請
順時針的記憶
我提前入席

・神與詩人

祂們同樣
出產自市井
心理學替祂們安排職位
商人。販賣信仰

我們排隊進入
祂們的眼神充斥
謎的聚會
祕密在此成為祭祀的咒語
交換更多的迷

以誤易悟

祂們已被設定
在祂們認識自己之前
先被我們識破
出賣與被出賣從不來自祂們
來自翻閱的一種手段
無辜陳列

祂們想爬上自己背上的岸
無奈自己是如此
卑微
被海排擠到更深的海

・又寂寞又美好

（一）
灼熱的美學
以詩的姿態徘徊
卻在指尖下雨

（二）
胸口觸礁四季
熟悉的月灣掛成陌生
止不住夢的瞳仁

（三）

每一條街的領口

輕抹時間滑溜的吻

疼的兩種意涵在撕咬

（四）

北方雪落於髮間

南方的眼尾多了幾許纏綿

籤詩擲不出正反兩面

・如果春天不再童話

如果春天不再童話
我們如何成為折角

當眼神翻頁前塵往事
滄桑的風輕輕摘下淚水的墜跌
遺忘二字該如何書寫，今晚
痛覺凋謝在秋色裏

如果回憶不再釀酒
我們如何飲下漂泊

妳路過我的胸口
從夢的右臂
到詩的左岸
悄悄消失在曙色的唇語中
徒留，我一人
醉成一首詩

如果愛是一種象徵

妳穿著一襲透明的高音來看我
我剛從一座被海擦得很乾淨的島回來
妳推開窗走進我為妳私藏的五月
我為妳沖泡一壺下著雪的拿鐵
曾經我們在彼此的耳畔將溫度打翻
因為愛我們才能閱讀如此濕潤的藍色

如果午後是有著甜度的回音
讓我們在房間鋪一蓆曠野
妳坐在無韁繩的旋轉木馬上

我為妳將綠茵上緊發條
沒有秋天那種泛黃的蛀牙
只有含鈣的詩句在玫瑰的單音節裡發芽

如輕音樂舉例雨的微醺
我們小心豢養撐傘的椅子在魚缸裡
在浪漫有了紅酒的體香有了紫丁香的膚色
我們就可以換取時間籌碼交換呼吸在文字是酒館的
座標
在彼此的胸膛都有星期五的時候

・抖落的是思念，不肯離去的是時間

從書架上取下那一年的
秋天。藍色的封皮。翻開
書籤緊咬的那一頁梅雨季節
一行穿著黑色
滿腹寂寞字體的段落

留白已揉成漂泊的雲
在遺忘，在沉默不語的空行

當記憶閉起雙眼

慢動作播放嗅覺的閱讀
我已在窗外
站在一片剛發芽卻已熟透的葉尖上
品嘗風的落寞
五分熟
三分褪色
兩分剪影

書架上的缺
沒有替補的詩
書頁裡的是
沒有妳的夜晚

·沉默過於喧囂

昨夜
砌滿書頁上的字跡
如今
火燙的枯槁

杯底的修辭學
遺失註解
煙灰缸裡的纏綿
多了三磅
憔悴

時間晾在門外
風霜架在衣櫃
拖鞋蛻去了路標
童年正追趕著魚尾
越離越遠

午後的細雨
擱淺在窗簾
我奮力爬上天花板
卻抓不到雲
雲已在昨夜
瀟灑離去

・亞麻色的香味

泡一壺情緒很濃的咖啡
用一支習慣沉默的湯匙來攪拌
不加睡得很甜的奶球
在天空穿起灰色毛衣的時候
靜靜坐在正吟誦著平仄的搖椅
看著詩句攀爬上燈檯
等著雨。說一個羅曼蒂克的故事

他走在西裝筆挺的馬路上
一盞警備森嚴的路燈緊盯著

一雙唇色很亮的紅色高跟鞋
緩緩的從白鍵踏過黑夜
與他的愛情擦身而過
在轉角的尾音裏
留下亞麻色的香味

她預約了書店的門診
說寂寞需要打個營養針
時間開了個言情小說的處方
她從心跳聲裡摘下一朵玫瑰來付帳
從眼神很曖昧的玻璃門中
離開。

他開了門

她回到家
他把影子上鎖
她卸下胸口沸騰的孤單
他從鏡子的右邊走入浴室
她從浴缸的左邊走出鏡裏
一張雙人床，側睡的
背面總是一個「缺」字躺在身邊
雨在窗前，刪節號落在END之前

・妳就是詩

愛
因為一句話而綻放
那是纏繞於小指勾上
最溫柔的修辭

我把思念削成箭的形狀
為妳，捕捉春天，在南方
讓妳一輩子收藏

・花開之前

雨季。句號不能止住
變成魚的大海
在時間闔眼之前
我願意付出一切
交換，妳
手心捧著的
三月

・花戀蝶

大雪紛飛的夜
握不住一份溫熱的思念
影子融化成昨天
那一首充滿孤寂的詩篇
捨不得翻頁

季節在葉子裏更迭
我遠望天際的星光成雙成對
一輪明月獨釣寒江的悲歡
我在窗前酌酒

群山已醉臥入夢
等雨來說愁

鐘聲已碎
杯底的憂鬱藏在冷風中
半支煙燃得很憔悴
指間抱不住回憶的灰
散落成刺痛的戀
堆滿胸前

尋覓前塵，不問
李白。謫仙之人那堪回首
古風吹送墨客
院前一盞春思婀娜搖擺

非柳永之蝶戀花
是我寫下的花戀蝶
渲染於影，成昨日之詩

·前兆

風雨總有些計畫
如同，遺忘流浪成風箏
如同，假設性的符徵
如同，詩的低垂與祈禱

我們都在等待記憶
的梅雨時節
字詞有點冷有點高音
習慣撐傘
撐住某種顏色的慣性

好讓時間，有更多藉口
期待。詩的響起

・為妳寫詩

我輕輕走進妳的眼眸
在深邃的回憶中
悄悄描繪一道彩虹

我試著
將笑聲摺成星的形狀
讓妳收藏在左心房
就算夜深人靜
依然有一盞
為妳取暖的光

晨曦
在南鄉踏響了春色
夢境
是不是還完整的晾在床頭
當妳的眼神準備拉弓
藍天會變成幸福御守
只為妳
守候

‧倒帶

妳化成美麗的借喻
在我形容玫瑰的時候
妳飄然成一朵玫瑰
在我不經意路過的時候
妳安靜的佇立路旁
在我買下第一本詩集的時候
妳望著櫥窗內的故事
在我徘徊於寂寞的時候
妳孤單的回憶著
在我悄悄走進那間舊書店的時候

妳默默的伸出纖細的食指
在我厭倦了喧譁的馬路上
妳看見了誰
在我從城市的程式裏叛逃的時候
妳本來不存在
我原本不是我

終究，只是
一場雨和兩把傘的相遇

・候鳥

是否還記得
那一年相思樹下
我們以詩祭祀

不經意地翻閱
信仰有著淺藍色的香味
交換祕密的季節
往回歸線飛去

泡一壺拿鐵

站在落地窗前
我們望著候鳥比翼
夕陽披在肩上
回憶被風吹散了幾頁
——關於眼淚

・借問春歸何處所

陽光被擊碎了
散落在泥濘的河水
混濁的呼喊載浮載沉，與鹹味
一聲聲喚不回的曾經
往海的方向奔流

度過了幾回春秋
還有更多的夏冬
一冊書寫千年的演義
紅樓也往聊齋去

儒林何須外史
西遊不在封神裏
水滸何止百來個好漢

騷人獨飲陌上塵
墨客一筆渲染正氣歌
放翁把酒不能飲
清照死亦為鬼雄

借問。何時春歸
過千秋

・時間遺失眼睛

（一）

我們遺忘鏡子
在風景吞食窗戶之前
摩擦，無以名狀

（二）

我們不懂
因為雨比寂寞
更寂寞

（三）

水龍頭壞了
時間不斷滴落
那些菜渣裏的嘴巴
喋喋
不
休
盤子。變得安靜

・捲軸

走入一場潑墨裏的山水
我們聽畫。

夢的左岸，展開
詩的走勢一筆勾勒
拔一個尖兒
黃山挺起胸膛，吐納
醉意往喉間敘事
抒情唐宋的嘆息
所有的松針都面朝雨聲的方向

雨聲裏，我們聽見赤壁
聽見東坡烹煮的詞
輕舟緩緩
駛進月色的凝視
牽掛的擺動在柳枝
諾言在三月的那戶人家
風化
渲染。在此停靠
（留白正醞釀情緒，待發）

・終究

閱讀過一只玻璃杯後
妳找到關於愛情的字彙
而筆劃略帶酸味

閱讀過一支長壽煙後
妳發現關於苦戀的字彙
因發音有苦才難言

閱讀過一張單人床後
妳探尋關於聽海的字彙

卻讓回憶繼續浮沉

閱讀過一面三角鏡後
妳解開關於青春的字彙
答覆有些凋零的美學

閱讀過一場及時雨後
妳描繪關於人性的字彙
沉溺愛與被愛的依賴

在妳的自畫像中
閱讀的我
只是不斷被閱讀成
一件實驗品

犧牲，學不會達爾文的進化論

輯四

等妳認領我的孤寂

・等妳認領我的孤寂

宣傳車上掛滿了熱情的
吶喊，宣言，與輕到不能再輕的
微笑。與藏匿在酒窩裡的冷笑

我卻只能愛妳
在可燃與不可燃的分類之間
回收自古以來的誤讀
我卻只能愛妳

愛過之後，才明白

一場風雨裏的禪
選擇不愛的人，成為下一齣
禪裏的風雨
如同玫瑰的歧異性。

替自己開刀吧！
斷句藏在左心室裏
歷經千年
不曾有人下筆
畫一個圓

扯開身上的句號吧！
絕句還差最後一行的送行
都走到岸邊了

孤寂依舊等待在平仄裏
就差最後一個押韻的
認領

・意象在露與不露之間

（一）

自妳眼底，游出
幾句白話
從無風的午後
跌成一首詩

（二）

字體破碎支離
字詞得了失憶症
那些來來去去的思鄉程式

磨亮一盞望歸的黃昏

（二）
時間不曾離席
鐘聲卻提早離開

蟬聲在斷句裏
整個下午，被黃昏提著

・溫熱的時間

妳在失眠的夜裡
翻閱詩集、夏天，與關於樓梯的描述
那些看似流動的其實不動
就像窗外的風景可以剪下、可以貼上
另一種失眠的答數

‧遙遠的她

關於愛情的字彙
我已著墨太多
昨晚打翻一本情詩選集
我卻拼湊不出妳的倩影和妳的名
這是沉溺太深
還是放縱無情
關於修辭學上的擬人法
始終，描繪不來
玫瑰殘留的氣息

而妳，走進另一本詩集

・練習，若無其事

面無表情的電視
影子越剪越短的長壽香煙
一個人獨舞的留聲機
胃酸濃到發疼的高腳玻璃杯
躺著發呆的筆記本
正在發情的手機
時間從水龍頭裏滴了下來
情緒摺好了疊在衣櫃
冰箱發燒了
大型立鏡嚼著無糖的風景

整間空房正打著好大的哈欠

・還有甚麼是完整的

時間走得很慢
慢的像濃稠的文字
慢的像老去的浪漫故事
在無詩可晾曬的季節裡
我選擇寫信
寫一封沒有主旨與地名的信
在裏頭豢養一大片深藍的海與浪花
把所有的寂寞都邀請

月光來的很慢

像一隻撐著肚皮的貓
像一層濃霧用詩抹成
在謊言離去的潮汐裏
我選擇搭船
帶著那過期的記憶與未到期的憂傷
把古今的嘆息都召喚
我不是太白
而夜太黑

・新詩紀的神經末梢

【筆錄】

事件：意象停止跳動（密室案件）

日期：三月六日，凌晨時分

地點：上帝的左手西餐廳，窗外有雨

節氣：驚蟄

卦象：凶帶吉

目擊者：玫瑰的破綻詩集封面的少女

嫌疑者：一封藍色信紙，很輕，卻無法翻譯

【手術室】

病人已喪失意志，呈現腦死狀態
額頭不斷有濃稠的文字流出來
快將傷口處理，語言流失過多就危險了
快將報紙拿來，病人需要注射嗎啡
準備切開胸膛，大膽的將老詩人的影子割除吧

【停詩間】

很抱歉，我們盡力了
我們不是醫生卻很會革命
請節哀，這已經不是第一次也不會是最後
我們還有其他的黑箱要化妝
如果願意，請簽署詩體研究同意書
我們保證會將您的名字擦亮

不管您是否得獎

·聽另一種聲音

【序】
我一直都很擔心
有關世界末日，以及
一本未完稿的詩集

【第一章：初音】
生活總是這般
規律的跳動
（彷彿這樣才算是活著）
即使混亂，也令人如被催眠般的

信賴。如同宗教、高熱量飲食、不經大腦的思考邏輯

【第二章：發音練習】
搭上往台北的自強號
車廂裡擠滿了人、語言、符號
卻沒有聲音與顏色，甚至
連呼吸都缺乏定義
（我被推擠，沒有原因）

【第三章：尾音】
冷氣機又有鴿子在喧嘩
那場早晨的夢傷口越來越深
我已忘了昨晚的電腦還在下載AV
就這樣坐回電腦椅強制關機

女優的一雙白皙大腿還來不及縮回螢幕，啪！
硬生生折斷的慾望讓全世界都接回了光亮

我不再夢遺
我開始學會如何射精

·紫薇

妳從前世回來
手札輪迴
歷經千年的盤坐
觀如來自在

我望
寒暑已過幾回
苔綠盈滿門前的臺階
落葉似醉而眠
倚窗忽覺白雪紛飛

遠方的鐘聲又追過一夜
生死如何說禪
提筆揮毫
楊柳垂首墨說愁
妳望蝶　蝶望天　天落雨　雨無言
而我沾塵泥一身

・文字物語

站在詩的第一行
眺望斷句後的伏筆

我們提著鞋
往秋雨裡走去
風捲起陣陣的商音
這一個段落沒有飲茶的心情

到了竹編的字詞裡歇腳
中空的回憶注滿酒香

似乎嗅覺是唯一的書寫體
我們醒在睡夢中

故事還有待續
我們提起斜陽提起往事
提起一堆未被琢磨的文字
在詩的刪節號中
重新治煉意象

我們坐在詩的最後一行
遠望無盡的透明

輯五

我們都安靜的不再說話

・不治的秘密

所有的謊言都有
不在場證明
譬如，

鏡裏走不過來的時間
往一疊詩稿的方向遷徙
我坐在隔音良好
的對岸
看著斷句長出鬍渣

我沒有刮刀
沒有可刮的信仰
關於下巴那片茂密的故事
已觸及太多
的解釋。來不及回到
猜測前的自己

停止閱讀
閱讀容易追出破綻
破綻是複寫過後的爭執
爭執在集體上岸的浪漫
浪漫的躲入額前
額前那一鞭長長的
長長的青春

我已習慣。
打翻一首詩的海角
在意象抵達之前
用骰子掏出一座島
而多年後，我成了獸
從描述裏離開

・囚室

我懷疑自己不曾離開
從煙灰缸到陽台花盆都有
被踩熄的日子

為了應付營養過剩的謠言
我開始替自己腳底按摩
可是不痛。但路過的風都喊疼

房間四坪多
穿過末洗的衣褲

與過期新聞堆在一起
而杯麵裏的腐敗味道
與城市同行
街道開始伸進衣櫥
（紅燈黃燈綠燈互相猜疑）
（衣架掛的都是漂白後
的理性）

或許我不曾存在
在我把自己揪出來以前
從馬桶到洗碗機
都有被扭乾的時間

・最後一次的幸福

【序曲】

我們的語言彼此陌生
就像愛情這字詞從詩裏叛逃
且無法回收

【第一小節——慢板抒情】

讓我們坐在百合花的
掌心默數
時間有風陪伴
風有故事作陪

我們都在前往寂寞的途中
回來。（續寫未完的季節）

【第二小節——快板激情】
月色在曠野上急駛
沿路景色拉扯我們的影子
從敵對的關係拉成重疊的符號
最終演化成信仰（一種曖昧的姿勢）

【尾音】
最後一次
我們的夢又再次相遇
同樣既甜又苦的
一場默戲（適合擁抱與親吻）

·學海藝鄉

（一）

親愛的Ｌ
讓我們步入庫普卡的畫裡
就像光線對於色彩
的詮釋充滿肉慾的
生命力

（二）

我們寫作
如同絕對主義的作畫

在馬列維基的琢磨中
以黑方格之姿
重新定義我們自己的象徵

（二）

從黑鍵
走向斷句後的雪線
我們開始零度以上的對話
然而，江湖寄來退稿信
說我們過於優雅
如同，詩
與時間

註：

※弗朗齊歐克・庫普卡（Frantisek Kupka）為捷克畫家，他曾說：「繪畫只是具體色彩、形式與動態的呈現。而有價值的是創造力，一個人必須經過創作才能建構體系。」

※《色彩》為庫普卡的畫作，將太陽置於女人張開的雙腿之間，一幅象徵性強烈的作品。

※絕對主義，利用基本的幾何圖形、明確的顏色配對，藉著對比、旋轉、重疊、遮蓋等手法創造讓人驚奇的效果。

※馬列維基為絕對主義的開創者。《黑方格》為他的代表作之一。

・同志手札

（一）

找不到呼吸的理由
喉管被硬生生的摘除
那些關於情愛的
字句牢籠在胃袋裏
翻滾，腐蝕
直到沉默

血液也不奔跑了
心室把門緊緊的鎖住

不讓夢隨意的竄進
它選擇窒息的方式阻隔謊言
包括那些過滑、過酸、過油、過冷
的企圖。關於肛交的種種姿勢

（二）

沒有比毀滅更好的藉口
因為城市過於單純
因為島過於天真
所以人類仿傚獸的模樣，屠殺
屠殺與自己相近的或另一個自己

（三）

日夜都是嗜血的

光明往往比黑暗更卑劣
我們割下陽具膜拜
卻往陰道裏鑽
沒有甚麼體位是公平的
只是滿足一種佔有的慾望

我們同性，不簽署生殖
就算誤讀也是心甘情願的方式
沒有教條可以理直氣壯
的審判。罪的無色性
直到我們的交媾姿勢被釘牢在十字架上
完成罰的契約與儀式

（四）

世界重新回到猜疑的軌道
每個生命都被烙上條碼
不容瑕疵的鐵條獄門
沒有神，沒有天使，沒有人
凡是經過掃描，都是商品
不是賤賣道德，就是炒高正義

最後只想說：愛與絕望同義，不如遺忘。

‧槍管裏的卡繆

我的靈魂的確泛黑
卻不代表有罪
你所知的光亮都擅於審判
而我從不讓人批評我的存在
然而，世間所認可的道德
都是早已死去的顏色
標準不過是維護自身利益的手法
關於愛或不愛的看法
從不由自己決定
你以為的自主與獨立都在頸圈裏嚎叫

換一個時代便由不得你隨地撒尿
只不過時間走的比思考更快
因此我們都成為原罪
沒有人走出棋盤
擺在場外的都已被判死刑
誰是下一步的實驗品
在槍聲響起之前，沒有人
主動認罪

・從陌生的房間醒來，每天

妳說，意義太過依賴
習慣。彷彿一切都是安排好的

理所當然。從室內的擺設
到蹲馬桶的姿勢
有如掛在牆上那幅，書房中的聖哲羅姆
畫框內的時間被釘牢在光影之中
看似無可救藥的
信仰

我說，陌生與熟悉是一種敵對的關係
彷彿一切都發生在醒來之後

何以見得。從書桌上第七十六頁的詩篇
到鏡子裏背對的
我開始挖掘我自己，如同撕開蒙娜麗莎的詮釋
看似瘋狂且背叛理性的
審判
（時間正以卡夫卡的名義削去過多的現實）

他說，我們不曾離開也不曾存在
只是房間到處都有被踩熄的
告白

附註：

※《西夏旅館》臺灣作家駱以軍著。一趟探索靈魂的旅程，如同「在陌生的房間醒來，每天」充斥於不可預知的處境，在超越現實之後，我們如何看待自己與他人的「人性」。

※〈書房中的聖哲羅姆〉為文藝復興時期梅西那的作品。他專心研究肖像畫的繪畫技巧，努力揭露角色的內涵與心理。這幅畫卻展現出「場景」的內涵與心理。

※〈蒙娜麗莎〉為義大利文藝復興巨匠達文西的作品。至今仍有人認為這是一幅他的自畫像，這一點相當值得玩味。

※《審判》為猶太籍德國作家弗蘭茲．卡夫卡的作品。主要精神為描繪現代人所面臨的困境，且挖掘人類內在的真實存在。

※〈告白〉為日本作家湊佳苗的作品。如同一面鏡子，對映著人性的種種面相——貪婪、無知、恐懼、掩飾、自私等等——或許對我們來說，「自己」是最熟悉的陌生人。但往往明白時，已經來不及。

・退潮之後

百年，不過一瞬間
鐘聲停在海的那一端
時間仍冰冷走著
我們在陌生的國度裏
復刻熟悉的符號與回音
鐵灰色的文明
不斷勃起卻喪失生殖能力

我們用謊言交易
更大的騙局

甚至在魚缸裏也學不會換氣
當世界都走出故事之外
我們還在場景中辯論第一人稱與第三人稱的
種族問題
太陽依舊從東方升起
卻掀不開我們嗜睡的夢境
我們選擇遺忘
讓歲月在褪色前喘息

貓，的確在鋼琴上睡著
會吠的都面向牆角
最後，所有的孤獨
都回到誓言許下的前一刻
等待破碎

退潮之後
我們的姓名依舊潮濕
歷史可能老去
卻不肯輕易入眠
昨日的昨日……魚貫而來
千山與萬水間
藏著搖曳且微溫
的是非

我聽見
透紫的傷口
像掛在壁上的照片
牢牢在泛黃的悲劇中龜裂

如同祭祀痛楚的儀式
將一面斑駁的古牆
肋骨打斷
直到連呼吸都救不活一灘瀕死的影子
被長夜狠狠踩熄

・寧願在妳懷裡死去

我無法猜測海
那些潮起潮落的對話
不是一排黑白琴鍵能夠
解讀。我只是一層沒有天分的繭
默默在一首詩裏反芻
時間是苦
距離是酸澀
午後的雷雨將一切咳了出來
我是被動的冰冷
連話都結霜

如果妳還記得
擦拭一扇窗
景色將等在那兒
為妳習慣那片海習慣那受潮的音色
直到記憶被妳狠狠摔碎
（因為一不小心的誤讀）
我是困在鐘擺裏的憂傷
停在說愛妳的那一刻
百年的孤寂

・病梅

我們計劃逃離。往病梅館而去

那些惱人的規則和習性
比方說，江湖
一貫搔首弄姿的買賣
所有文章憂鬱的
蜷縮在一角
一個個正字斜倚著喘息
一行詩句還未寫成便癱軟下來
在假設自己滿腹傷懷的前提下

所有的價值取向都偏於「病」態
如同刻意炒作的扭曲——
極具商業手法的變態

當所有的意象都不認得原來的意象時
沒有因的過程卻繁殖著果的結論
我們將以病為美，以變為利
時鐘裡的指針不管如何的轉繞
也只是在原地追著自己跑
沙漏的腰腹不管如何的細狹
總有無從消化的時候
所以我們不能被複製，與抄襲雷同
所以我們計劃逃離。往病梅館而去

・向日葵

微微的風吹來
撐開整片藍色天空
清晨的市街
像一位優雅的紳士
偶而，一隻白貓跳上另一戶人家的磚牆
有隻黑色土狗在哈欠
我想暫時把夢留在夢境裏。不去打擾
一個人悄悄走出房門步下階梯
往熟悉的陌生裏去

剛下筆寫詩的瞬間
是一種美好且開朗的衝動
當文字擺出各式各樣的姿態
你才知道所謂的「美」是怎麼回事
在清晨裏散步也有相同的樂趣
當鐵灰色的高樓都還未醒時
我們不妨學一次夸父。

時間是輕的
思緒飛快地在城市裡穿梭
如同電影畫面一般
場景不斷更換
我也像個專業演員自然地走位
城市中的各個線條與顏色
都在晨曦的的問候中一一甦醒

我把詩作的結尾
留給開滿整片大地的向日葵

・白色鐘樓

在我們抵達那些蒼白的
抑鬱前，這裡的描寫不曾停歇
關於冰冷的鐘聲，或
與一片鏽蝕的紫色花瓣
惘然剝落

無非是一種不近情理的斷句
活生生撕開
停頓在某一階段的肉體
假使他輕輕掀開

空虛裡濕潤的嘆息
若是他捧著熱騰騰的傻氣
謹慎地讓慾望跌出來
只就罷了。卻只聽聞那盞天真的夢囈
被雨夜一聲掛斷

我們都在相同的命運底下
以跪姿祈禱
在空無一人的迴廊裡
一格見方的懺悔室中
讓透紫的靈魂囚禁在
零度以下。與赤裸的罪同溫

・介於雪線與黑鍵之間

介於雪線與黑鍵之間
卡爾維諾曾在看不見的城市中
凝望——符號、慾望與死亡

每一幢大樓跛著腳行走
走過沙洲與沉默
沒有更多的謊言能比現在擁擠
如同霧的堅持

每一條街道都沾染腥臭

有報紙在垃圾桶
有更多的話題被張貼與丟棄
總有嘰嘰喳喳的聲音
從窗戶跳出來

每一位穿著體面的人都以倒立的方式
交談。過後
一對豐滿而溢出乳汁的乳房
一根固執且佯裝正經的陰莖
隨著語言的磨蹭而逐漸萎縮
連文字也無法形容

介於雪線與黑鍵之間
魔幻寫實的邀請

我把自己埋在時間軸下
再以神話的姿態挖掘
我不再是我的自己的城市
沒有可以包容象牙棋子的孤獨
就像把書房搬進浴室
用一種抽象的風險讀詩
然而。我們的傷口太過虛偽

當我坐上最後一班列車
空無一人的車廂比信仰真實
我以為眼睛失去名字
就像失去三顆鈕釦
所有的拼貼已在地下鐵中完成
定義由出口去詮釋

入口處有時站著猥瑣的人
或販售黃牛票
我不在自己的城市找我的自己
我在城市找不再自己的我
最後剩下三根火柴的最後一根
卻怎麼都點不起來

附註：

※《看不見的城市》為義大利作家卡爾維諾的作品，作品從忽必烈的傾聽與馬可波羅的描述中展開，這是一趟旅程，也是一場心靈的對話。

※《浴室》為法國作家圖森的作品，他將書房搬進浴室，在浴室中生活，體驗一種孤獨的沉靜與思考。

※《摩擦．無以名狀》為詩人夏宇的作品，以拼貼的手法完成的詩集。當中的三顆鈕釦意指名字的遺失，當中飽含隱喻，令人深省。

※《公主徹夜未眠》為臺灣作家成英姝的作品，當中的〈聖誕夜的三根火柴〉舊題新寫，富含諷刺意味。

・臺灣製造

我們都曾在風鈴的背後
洩漏太多熱帶的祕密
比方說島的可燃性或檢索分類
迴游的海潮是否前往詩的途中
誤讀文化的領海，以至於
諾亞方舟擱淺在夢的折角
一群來不及繁殖的中文
依循斷層退化成簡體
（一如衣服越穿越少的大學校園）
由於書店出版的大多歸類於陰謀

因此我們將信仰遷徙至無風帶
（語言位置靠近極圈，盲從得以保鮮）

季節從喉間渡出
座標鎖定遠方的藍天
些許的憂鬱情緒略帶甜味
梅雨寫在北方
嘉南的綠野顯得憔悴
溫度計的高血壓症不得藥方
首都的同志情節不斷播映
沒有人舉白旗，舉旗的都遠走他鄉
沒有一種飛禽明白回歸線隔絕的
城市，都患有痛風
（痛的都是關節，紅腫的皆是名聲）

由於病歷出賣的大多屬於夏天
所以我們要在正午解剖革命
（肉眼看不見的往往是變質的人質）

最後，我想將日記捲在
台啤的玻璃瓶中
往一首詩裡流放
如同放生我自己去尋妳
妳在天涯，在驀然回首時
我已非我
島不是島

‧妳應該擁有更多

（一）

遺失姓名
再也找不到比愛情
更好的詮釋

（二）

我們只想緊緊抓住
片刻的記憶，屬於過去
被時間剪裁
的一種偏甜調味

（三）

妳應該擁有更多
比方說色彩鮮豔的青春
與一首曼妙的舞姿

（四）

我們總是互相追逐
以探詢的氣息
撫慰彼此的靈魂

（五）

妳的慾望正在盛開
春季才剛剛灑下
我們在繁華的喧鬧中做愛

直到夢醒卻仍緊緊交纏

・習慣側睡

我們以相同的睡姿
餵養一首詩
無關哀傷或後現代主義
只管
在夢境到達斷句之前
將海煮藍

我們已習慣菸味
一口抽象的濃霧抹上雙唇
具體的乾裂是不可避免的雄辯

即使在耳朵裏養貓
也是一種優雅的
習慣。

後記：
所有為妳寫完的信
都有相同的潮汐與信仰
只是沒有雲可寄

・我與卡夫卡

我們都是被剔除的
精神病患

城市過度健康
病歷上的欄位標示
唯有謊言的數值過高
但是有利於文明的發展
健檢報告如此說道：
現實是無需健康審查的病例
而夢想需要隔離治療

我們都是被質疑的
變形蟲

勢必需要解剖
我們的血液裏堆積過多的
雜質。比如說畏光或信仰
我們失去原有的形體
用一種意識取代
最終我們又被完整的塞回傷口之中
（我是我，但我已失去我；
原本的我並不是我，而是我的另一個我）
我們都是選擇遺忘的
旅人

在審判之前
我們早已被定罪
道德是無庸置疑的法官
真相是猜疑後的
某種慣性
我們赤裸群體性交
然後忘記姓名
連長相都不願記起

・意識書寫

似乎，季節也將遠航
我們不再擁有彼此的眼神與凝望
當傷口開始冒出海的時候
悲傷和遲疑都會選擇遷徙
飄零的歲月和寫好的詩稿一同焚燒
再沒有過多的詞彙可以容納承載過重的意象
於是我們追逐流浪
以質問的態度質詢自己的影子
為什麼痛楚始終沒離開
而雪一直飄下來

・後設

有人說，貓在鋼琴上睡著了
看過的人都說打呼的是鋼琴
甚至察覺音色帶著潮濕
這時候窗戶開著
一朵白色的雲拖行整片鬱結的天空

不時有描述跌下來
撐傘的說是雨
帶眼鏡的說情絲
還有更多的解釋開成向日葵

一條掉毛的黃狗嗅一嗅
吐著舌頭轉身離開

我向前跑
躍過一條趨近死亡的長度之後
心滿意足
關於愛或不愛的
種種孤獨
在一隻斷了線的風箏
往海游去之後
交還給螃蟹收藏

我只是不習慣在側睡之後
勃起。那些充血的慾望

硬是撐開乾枯的
且冰冷的夜色
我幻想著乳房的貼近
在一對微溫的燭火中搖曳
如同閱讀報紙
在一片神經質的油墨中磨蹭
射精。

不曾懷疑過一面鏡子的存在
可是描寫太難
比方說鬍渣該不該剔除
或額頭上的皺褶藏有幾份遺忘
在脂肪還保有尊嚴的時候
優雅的堅持失聲

鐘聲在最後的遲疑裡醒來
有人說月光擱淺在江湖
我們的風雨被集體退稿
只見一條蛇悠哉的彎曲扭動
在一陣反芻之後
留下一層厚厚的繭

‧秋山又幾重

1／

一個人坐在咖啡館
靠窗的的位置有一叢紅花
花底是一片青蔥的寧靜
偶然，右後方飛來幾聲啼音
被一朵蓬鬆的紫雲兒輕輕抹去

想起去年此刻
我們騎車來到山上這處偏遠的咖啡館
相同靠窗的位置，我們寫詩

在牆上寫下無數關於彼此的詩句
像是某種約定好的默契
如今那些詩句仍懸著飄搖，獨自響著

2／

夜幕盡在輕描淡寫間
我不再有寫詩的勇氣
。
那些蟄伏在壁上的枯槁手筆
伸出黑色的利爪
將老去的時間狠狠撕刮出數道血痕
我再也看不到妳的臉龐
看不到任何專屬於妳我的意象

我想，今晚是不會有月光的。因為有雨

3／

我把牆壁撕開
撐著一把破傘走過擁擠的猜疑
沒有棋子開口說話
只聽雨聲嘰嘰喳喳不停地響
聽說，詩人未被證實
妳覺得難堪，所以離開；我選擇留下，成為遺忘

・當雪開始飄散的時候

讀著窗外
整座城市蜷縮在夜幕底下
零星的幾盞燈火
對著時間輕聲地吠
街道仍安穩睡著
連夢境都搖晃出一串鼾聲

我把蒼茫推開
從胸口摘下數張稿紙
寫下一行詩句，字跡有些冰冷

再寫下一行詩句，故事正在竊竊私語
從掌心拔出過多的情節
屬於妳，屬於遺忘，屬於那個冬季的可能

就這樣，讓詩在寂靜中漂流
在明知道妳不可能再出現的畫面中流浪
在歲月的折角，以及
褪下色彩的描述之中。當雪開始飄散的時候

・我們都安靜的不再說話

記得，我曾說過
妳寫下的詩句有如易碎的
玻璃和淚水
這麼接近割傷的邊緣
游走於痛和醒的交界
不能自拔

我們都曾經
出走在藍色的時間
面對弔詭的現實世界

晦澀已然不夠詮釋
那些，自景色中灑潑出來的油墨
把一種慾望染成複雜
包含我們舔拭彼此的生殖器
以及出入禁忌的話題
。無法制止
一如情色按摩店的小姐
為了服務而赤裸
藝術，也不過如此

我撿拾那些碎裂的詩句
不小心劃傷
努力想拼湊完整的妳
的詩句

卻不再重要。因為
被吻，不如被啄
我們都安靜的，不再說話

讀詩人18　PG0767

屬於遺忘

作　　者　古　塵
主　　編　蘇紹連
責任編輯　孫偉迪
圖文排版　王思敏
封面設計　王嵩賀

出版策劃　釀出版
製作發行　秀威資訊科技股份有限公司
114 台北市內湖區瑞光路76巷65號1樓
電話：+886-2-2796-3638　傳真：+886-2-2796-1377
服務信箱：service@showwe.com.tw
http://www.showwe.com.tw
郵政劃撥　19563868　戶名：秀威資訊科技股份有限公司
展售門市　國家書店【松江門市】
104 台北市中山區松江路209號1樓
電話：+886-2-2518-0207　傳真：+886-2-2518-0778
網路訂購　秀威網路書店：http://www.bodbooks.com.tw
國家網路書店：http://www.govbooks.com.tw
法律顧問　毛國樑　律師
總 經 銷　聯合發行股份有限公司
231新北市新店區寶橋路235巷6弄6號4F
電話：+886-2-2917-8022　傳真：+886-2-2915-6275

出版日期　2012年7月　BOD一版
定　　價　250元

Printed in Taiwan

國家圖書館出版品預行編目

屬於遺忘 / 古塵著. -- 一版. -- 臺北市：釀出
版, 2012.07
面； 公分.
BOD版
ISBN 978-986-5976-27-9(平裝)

851.486 101007281

讀者回函卡

感謝您購買本書，為提升服務品質，請填妥以下資料，將讀者回函卡直接寄回或傳真本公司，收到您的寶貴意見後，我們會收藏記錄及檢討，謝謝！

如您需要了解本公司最新出版書目、購書優惠或企劃活動，歡迎您上網查詢或下載相關資料：http:// www.showwe.com.tw

您購買的書名：________________________________

出生日期：________年________月________日

學歷：□高中（含）以下　□大專　□研究所（含）以上

職業：□製造業　□金融業　□資訊業　□軍警　□傳播業　□自由業

□服務業　□公務員　□教職　□學生　□家管　□其它_____

購書地點：□網路書店　□實體書店　□書展　□郵購　□贈閱　□其他

您從何得知本書的消息？

□網路書店　□實體書店　□網路搜尋　□電子報　□書訊　□雜誌

□傳播媒體　□親友推薦　□網站推薦　□部落格　□其他__________

您對本書的評價：（請填代號　1.非常滿意　2.滿意　3.尚可　4.再改進）

封面設計____　版面編排____　內容____　文／譯筆____　價格____

讀完書後您覺得：

□很有收穫　□有收穫　□收穫不多　□沒收穫

對我們的建議：________________________________

____

____

____

請貼
郵票

11466
台北市內湖區瑞光路 76 巷 65 號 1 樓
秀威資訊科技股份有限公司 收
BOD 數位出版事業部

（請沿線對折寄回，謝謝！）

姓　　名：＿＿＿＿＿＿＿＿＿　年齡：＿＿＿＿　性別：□女　□男

郵遞區號：□□□□□

地　　址：＿＿＿＿＿＿＿＿＿＿＿＿＿＿＿＿＿＿＿＿

聯絡電話：(日) ＿＿＿＿＿＿＿＿＿＿ (夜) ＿＿＿＿＿＿＿＿＿＿

E-mail：＿＿＿＿＿＿＿＿＿＿＿＿＿＿＿＿＿＿＿＿